DU MÊME AUTEUR

JEAN-CLAUDE SERVAIS
AUX ÉDITIONS DUPUIS
La hache et le fusil
Les seins de café
La belle coquetière
La lettre froissée (tomes 1 et 2)
Isabelle
La Tchalette
Le tempérament de Marilou (tomes 1 et 2)

dans la collection "Aire Libre" :
Lova
Fanchon
Déesse blanche, déesse noire (tomes 1 et 2)
L'assassin qui parle aux oiseaux (tomes 1 et 2)
Le jardin des glaces

AUX ÉDITIONS CASTERMAN
L'appel de madame la baronne
Iriacynthe
Les diaboliques (tomes 1 et 2)
La petite reine

dans la série Tendre Violette :
Lucye
Les enfants de la Citadelle (tomes 1 et 2)
en collaboration avec Dewamme :
Julien
La Cochette
Malmaison
L'Alsacien

AUX ÉDITIONS MIJADE
Les saisons de la vie

AUX ÉDITIONS WEYRICH
La Gaume de Servais
Fée et dragon

Pour en savoir plus sur la protection de la nature et les refuges naturels des oiseaux : www.natagora.be

AIRE LIBRE
www.airelibre.dupuis.com

Maquette : Philippe Ghielmetti (illusions)

D/2008/0089/105
ISBN 978-2-8001-4110-7
ISSN 0774-5702

Imprimé en Belgique.

LES PÔLES JOUENT DEPUIS TOUJOURS UN RÔLE TRÈS IMPORTANT DANS LE MÉCANISME CLIMATIQUE DE NOTRE PLANÈTE.

AUJOURD'HUI, LA TERRE SE RÉCHAUFFE À UNE VITESSE INÉGALÉE. LES SCIENTIFIQUES QUI TIRENT LE SIGNAL D'ALARME DEPUIS UNE TRENTAINE D'ANNÉES COMMENCENT ENFIN À ÊTRE ENTENDUS.

ET POURTANT, CETTE AUGMENTATION DE LA TEMPÉRATURE REMONTE TRÈS CERTAINEMENT AU DÉBUT DE L'ÈRE INDUSTRIELLE, VOICI PRÈS DE DEUX CENTS ANS, ET ELLE NE FAIT QUE S'ACCÉLÉRER.

L'ÉVOLUTION DES CONCENTRATIONS DE GAZ À EFFET DE SERRE EST ENCORE PLUS NETTE : LES ACTIVITÉS HUMAINES ONT RELÂCHÉ DANS L'ATMOSPHÈRE, EN CENT ANS À PEINE, LES QUANTITÉS ÉMISES NATURELLEMENT SUR UNE PÉRIODE DE VINGT MILLE ANS !

DES CAROTTES, PRÉLEVÉES DANS LA COUCHE DE GLACE, PERMETTENT DE RECONSTITUER LES CLIMATS DE CENTAINES DE MILLIERS D'ANNÉES GRÂCE AUX BULLES D'AIR QU'ELLES CONTIENNENT. LE CONSTAT EST ALARMANT : CETTE RAPIDITÉ DU RÉCHAUFFEMENT CLIMATIQUE, C'EST DU JAMAIS VU DEPUIS HUIT CENT MILLE ANS !

L'ARCTIQUE FOND, ON NE PEUT PLUS LE NIER : EN VINGT ANS À PEINE, LA COUVERTURE DE GLACE OCÉANIQUE A PERDU, EN TENANT COMPTE DES VARIATIONS SAISONNIÈRES, PRÈS D'UN DIXIÈME DE SA SURFACE TOTALE, SOIT UN MILLION DE KILOMÈTRES CARRÉS !

L'ANTARCTIQUE TIENT LE COUP, MAIS POUR COMBIEN DE TEMPS ENCORE ?

- Mars 2007 -
2/03 J'ai éliminé les gourmands et les rejets sur les arbres fruitiers. J'ai enduit les plaies de goudron végétal.
3/03 J'entends leurs coups de trompette, elles sont en avance. Je lève la tête, impatient, je les cherche dans un grand ciel bleu. Ça y est, je les aperçois! Elles surgissent en un long ruban sans cesse mouvant. C'est une des plus grosses volées de grues qu'il m'ait été permis de voir ces dernières années, elles étaient plus de cent!
7/03 J'ai ressorti tous les nichoirs pour les oiseaux et les abeilles solitaires, ainsi que la ruche à bourdons.
9/03 J'ai dispersé de la laine de mouton sur différents buissons pour aider les oiseaux à fabriquer leurs nids.
10/03 J'ai ressorti les petites barrières de noisetier tressé, elles ont repris leur place entre les massifs de fleurs. Le jardin me paraît déjà moins vide.
13/03 J'ai recouvert le sol du potager de matières végétales et de compost. J'ai ensuite nettoyé les chemins et les sentiers.

15/03 J'ai recépé les arbres sur le haut du terrain, ça me fait une bonne provision de bois pour l'hiver.
16/03 Les deux brebis ont donné naissance à trois magnifiques agneaux.
17/03 J'ai fait des semis de fleurs en jardinières.
BONJOUR, MADAME FRANCART, JE SUIS BARBARA, L'ÉTUDIANTE QUI VOUS A TÉLÉPHONÉ LA SEMAINE DERNIÈRE.
18/03 J'ai préparé de nouveaux massifs de fleurs ; j'ai travaillé la terre et je l'ai moulinée.
JE VOUS ATTENDAIS. ENTREZ, MADEMOISELLE, JE VOUS EN PRIE.
VOUS FAITES LA GÉOGRAPHIE À LIÈGE, VOUS M'AVEZ DIT.
C'EST BIEN CELA ! JE SUIS EN AVANT-DERNIÈRE ANNÉE. JE VEUX ME SPÉCIALISER EN CLIMATOLOGIE. JE COMMENCE LA PRÉPARATION DE MON MÉMOIRE, C'EST POURQUOI J'AI SOLLICITÉ CETTE ENTREVUE AVEC VOTRE MARI.
3

ASSEYEZ-VOUS, METTEZ-VOUS À L'AISE. MAIS AVANT DE COMMENCER, QUE PUIS-JE VOUS OFFRIR À BOIRE ?
NE VOUS DÉRANGEZ PAS POUR MOI, MADAME FRANCART... SI VOUS AVEZ DU CAFÉ DÉJÀ FAIT, J'EN VEUX BIEN !
OH ! C'EST PEU DE CHOSE ! IL SUFFIT DE METTRE UNE CAPSULE DANS LA MACHINE À CAFÉ !
NE CHERCHEZ PAS DE PHOTOS DES EXPÉDITIONS DE MON MARI, MADEMOISELLE BARBARA, VOUS N'EN TROUVEREZ PAS !
JE NE ME PERMETTRAIS PAS, MADAME FRANCART !
APPELEZ-MOI MATHILDE, BARBARA, CE SERA PLUS COMMODE ! VOUS PRENEZ DU SUCRE, DU LAIT ?
JUSTE UN SUCRE, MADAME FRAN... HEU... MATHILDE...

VOILÀ, JE VOUS ÉCOUTE, BARBARA.
HEU...
...HEU... JE PENSAIS INTERVIEWER MONSIEUR ARNOLD FRANCART... IL N'EST PAS LÀ ?
MON MARI EST SOUFFRANT, IL NE POURRA VOUS VOIR. JE SUIS DÉSOLÉE, JE N'AI PAS EU LE TEMPS DE VOUS PRÉVENIR. J'AI SUIVI ARNOLD PAR RADIO LORS DE SES DERNIÈRES EXPÉDITIONS, TANT EN ANTARCTIQUE QU'EN ARCTIQUE. JE POURRAI RÉPONDRE À VOS QUESTIONS.
HEU... JE N'EN DOUTE PAS, MAIS JE SUIS PRISE AU DÉPOURVU.
DÉTENDEZ-VOUS, MADEMOISELLE, ÇA SE PASSERA TRÈS BIEN, VOUS VERREZ.
BIEN... MADAME FRANCART, VOUS ÊTES MÉDECIN, VOUS SUIVIEZ ET VOUS SOIGNIEZ DONC VOTRE MARI PAR RADIO. JE SUPPOSE QUE VOUS LUI PRÉPARIEZ UNE PHARMACIE BIEN SPÉCIFIQUE.
EXACTEMENT ! LA LISTE DES MÉDICAMENTS N'ÉTAIT PAS FACILE À ÉTABLIR, MAIS ELLE POUVAIT ÊTRE VITALE ! NOUS ÉTIONS TENUS PAR LE VOLUME ET LE POIDS, VOUS PENSEZ BIEN...
...LA PHARMACIE QU'IL EMPORTAIT ÉTAIT COMPOSÉE D'ANTIDOULEURS, Y COMPRIS DE LA MORPHINE, EN CAS DE FRACTURE ; DE MÉDICAMENTS CONTRE LA DIARRHÉE, LES NAUSÉES ET LES VOMISSEMENTS (SES REPAS TRÈS GRAS, POUR AVOIR UN MAXIMUM DE CALORIES, ÉTAIENT DIFFICILES À DIGÉRER) ; DE L'ASPIRINE, DES ANTI-INFLAMMATOIRES EN CAS D'ENGELURES ; DES ANTIBIOTIQUES, BIEN SÛR...
...DES GOUTTES ANESTHÉSIQUES POUR LES YEUX ; DES BANDAGES, DES PANSEMENTS POUR FAIRE DES SUTURES SANS FILS ; DES DÉSINFECTANTS POUR LES PLAIES ET LES ENGELURES ; ET POUR FINIR, QUELQUES SOMNIFÈRES CAR IL EST PARFOIS TRÈS DIFFICILE DE S'ENDORMIR SUR LA BANQUISE À CAUSE DU FROID, DU BRUIT DE LA GLACE QUI SUBIT DE FORTES PRESSIONS, ET BIEN ENTENDU À CAUSE DES DOULEURS MUSCULAIRES...

ET, AU BEAU MILIEU DE TOUT CELA, JE LUI GLISSAIS UN ROMAN. UN PETIT, PAS TROP ÉPAIS... TOUJOURS LE POIDS! JE LUI AVAIS CHOISI, PAR EXEMPLE, LES CORRESPONDANCES ENTRE UN JEUNE HOMME QUI SOUHAITAIT CONSACRER SA VIE À LA DANSE ET LE GRAND CHORÉGRAPHE MAURICE BÉJART. JE LUI AVAIS INSCRIT CES QUELQUES MOTS: "À TON CHEMIN DE NEIGE ET DE GLACE, IL SERA TA BARRE, À TA MARCHE LENTE ET INFINIE, ELLE SERA TA DANSE." AINSI, LE SOIR, IL PENSAIT UN PEU À MOI. QUAND IL N'AVAIT PAS DE MATÉRIEL À RÉPARER, BIEN ENTENDU!
LORS DE SON AVANT-DERNIÈRE EXPÉDITION, EN ANTARCTIQUE, CETTE FOIS, ARNOLD A ATTRAPÉ UN ÉNORME ABCÈS AUX DENTS DÈS LE TROISIÈME JOUR. POUR LE SOIGNER, IL FALLAIT DES ANTIBIOTIQUES. JE LUI EN AVAIS MIS DEUX BOÎTES, ELLES AURAIENT ÉTÉ NÉCESSAIRES, MAIS ELLES HYPOTHÉQUAIENT LA SUITE DU VOYAGE. ARNOLD POUVAIT-IL POURSUIVRE SANS ANTIBIOTIQUES? LE RISQUE ÉTAIT GRAND...
...IL NE LES A PAS PRISES, ET LA DOULEUR DEVENAIT TOUJOURS PLUS INTENSE. VOUS ME CROIREZ SI VOUS LE VOULEZ, MAIS C'EST LA VÉRITÉ: AU MILIEU DE LA DEUXIÈME SEMAINE, ARNOLD A VÉCU UN ÉVÉNEMENT DRAMATIQUE QUI A FAILLI LUI COÛTER LA VIE...
...IL A GLISSÉ DANS UNE CREVASSE DANS LE GLACIER AXEL HEIBERG. SON TRAÎNEAU EST RESTÉ ACCROCHÉ À LA SURFACE, LUI PENDAIT DANS LE VIDE. IL A CRU MOURIR CENT FOIS! CE N'EST QU'AU BOUT D'UNE HEURE QU'IL A PU REMONTER, COMPLÈTEMENT ÉPUISÉ. C'EST À CE MOMENT-LÀ QU'IL S'EST APERÇU QUE SON ABCÈS AVAIT DISPARU!...
...CETTE PEUR ET CETTE DÉBAUCHE D'ÉNERGIE INTENSES AVAIENT ABSORBÉ SON ABCÈS!
COMME QUOI, LE CORPS HUMAIN, QUAND IL EST QUESTION DE SURVIE!
6
ET VOTRE MARI A PU POURSUIVRE SON EXPÉDITION, IL AVAIT ENCORE SES DOSES D'ANTIBIOTIQUES.
FINALEMENT, IL EST REVENU AVEC, IL N'EN A PLUS EU BESOIN!

(*) U.C.L. : UNIVERSITÉ CATHOLIQUE DE LOUVAIN.

SYLVAIN DURIEUX A ÉTÉ ATTAQUÉ PAR UN OURS, C'ÉTAIT UN ACCIDENT.
ARNOLD S'EST SENTI RESPONSABLE DE SA MORT ET IL N'EST PLUS JAMAIS REPARTI DEPUIS.
VOTRE MARI A ÉTÉ UN DES PREMIERS À ALERTER LE MONDE SUR LE RÉCHAUFFEMENT CLIMATIQUE, MAIS IL ÉTAIT LOIN DE SE DOUTER QUE LA BANQUISE FONDAIT À CE POINT ET QUE L'EXPÉDITION TOURNERAIT AU CAUCHEMAR.
SYLVAIN N'AVAIT PAS L'EXPÉRIENCE DU TERRAIN, IL AVAIT UNE CONFIANCE AVEUGLE EN ARNOLD... OH! EXCUSEZ-MOI, JE NE PEUX PLUS EN PARLER, ÇA ME FAIT TROP MAL.
JE COMPRENDS, MADAME FRANCART, JE VAIS VOUS LAISSER. JE SUIS DÉSOLÉE DE VOUS AVOIR RAPPELÉ CES TERRIBLES SOUVENIRS.
VOUS COMPRENEZ, MADEMOISELLE, QUE, MÊME AVEC LE TEMPS QUI A PASSÉ, CETTE DERNIÈRE EXPÉDITION NOUS LAISSE UNE PLAIE OUVERTE.
JE VOUS PROMETS D'INSISTER AUPRÈS DE MON MARI. JE COMPRENDS L'IMPORTANCE QUE CELA A POUR VOTRE MÉMOIRE, MAIS IL N'Y A GUÈRE D'ESPOIR. DEPUIS QUINZE ANS, ARNOLD S'EST COMPLÈTEMENT REFERMÉ SUR LUI-MÊME.
HUM! ÇA COMMENCE BIEN! JE N'AI STRICTEMENT RIEN APPRIS! ÇA NE VA PAS ÊTRE FACILE, MAIS JE REVIENDRAI!
TCHAC!
TCHAC!
8

TCHAC !
TCHAC !
MONSIEUR FRANCART !
VOUS ÊTES LÀ ?
MONSIEUR FRANCART, EXCUSEZ-MOI DE VOUS DÉRANGER, JE M'APPELLE BARBARA, JE FAIS LA GÉOGRAPHIE À LIÈGE. JE PRÉPARE MON MÉMOIRE SUR LES PÔLES ET JE SOUHAITERAIS OBTENIR UNE ENTREVUE AVEC VOUS.
VOUS PENSEZ QUE CE SERAIT POSSIBLE ?
9
?!

OH!
QUAND NOUS ÉTIONS ENFANTS, MON COUSIN ÉMILE ET MOI, NOUS NOUS AMUSIONS À FAIRE DES DESSINS AVEC NOTRE PIPI...
SI PAR MÉGARDE, NOUS COUPIONS LE TRAJET DES FOURMIS, NOUS POSIONS DES BRINS D'HERBE PAR-DESSUS POUR FAIRE UN PONT.
JE VAIS VOUS LAISSER, MONSIEUR FRANCART, VOTRE FEMME M'A DIT QUE VOUS ÉTIEZ SOUFFRANT.

TCHAC!

MATHILDE, POURQUOI AS-TU ACCEPTÉ LA VISITE DE CETTE ÉTUDIANTE ?
12
JE VOULAIS L'AIDER, ELLE RÉALISE UN MÉMOIRE SUR TOI. J'AI PU RÉPONDRE À SES QUESTIONS SANS PROBLÈME !
DIABLE ! TU SAIS POURTANT TRÈS BIEN QUE JE NE VEUX PAS QU'ON PARLE DE MES EXPÉDITIONS !

"L'ATTENTE SE PROLONGE, NOUS GUETTONS L'HÉLICOPTÈRE QUI DOIT NOUS DÉPOSER À L'EXTRÉMITÉ NORD DE L'ÎLE, AU CAP ANISITY. 15h45, UN GRAND BRUIT DANS LE LOINTAIN : L'HÉLICO ARRIVE ENFIN ! MÊME SI L'HEURE EST TARDIVE, NOUS N'AVONS PLUS LE CHOIX, IL FAUT PARTIR, LE SOLEIL VA SE COUCHER DANS QUELQUES DIZAINES DE MINUTES..."
"...JE SUIS FURIEUX ! DES MOIS DE DISCUSSION ET UNE DERNIÈRE QUINZAINE À NÉGOCIER DU MATIN AU SOIR AVEC LES RUSSES POUR NOUS RETROUVER CONTRAINTS DE PARTIR AINSI, DANS LES PIRES CONDITIONS : IL FAIT -46 °C ET LE JOUR A PRESQUE DISPARU. C'EST DE LA FOLIE ! LES RUSSES NE PRENNENT MÊME PAS LE TEMPS D'OUVRIR LES PORTES ARRIÈRE DU MI8, NOUS DEVONS EMBARQUER PAR L'ACCÈS LATÉRAL, NETTEMENT PLUS EXIGU. RÉSULTAT : LA BÂCHE DE MON TRAÎNEAU SE DÉCHIRE..."
"...NOUS SURVOLONS NOTRE POINT DE DÉPART POUR DÉCOUVRIR UN GRAND CHENAL D'EAUX LIBRES. CELUI-CI BARRE TOUT LE CHEMIN, ALORS QUE CE MATIN ENCORE, TOUT DEVAIT ÊTRE FERMÉ. DE L'EAU, DÉJÀ DE L'EAU !..."
"...L'HÉLICO SE POSE SANS ARRÊTER SES MOTEURS, LE TEMPS DE DÉCHARGER LES TRAÎNEAUX, ET LE PILOTE S'IMPATIENTE ! ON SE RETROUVE SEULS, ACCROUPIS DERRIÈRE NOS TRAÎNEAUX POUR NE PAS SE FAIRE SECOUER PAR LES PALES DE L'APPAREIL. NOUS QUI RÊVIONS D'UN DÉPART EN DOUCEUR, DE PRENDRE LE TEMPS DE FAIRE QUELQUES IMAGES ET D'APPRIVOISER LA BANQUISE !..."
"...ATTERRÉ, JE SUIS ATTERRÉ ! SYLVAIN, IMMOBILE, CONTEMPLE LE MONSTRE VOLANT S'ÉLOIGNER EN SEMANT UNE LONGUE TRAÎNÉE DE CONDENSATION."
ÇA Y EST, MONSIEUR FRANCART! NOUS Y SOMMES ENFIN! YAOU !

19/03 L'hiver qui nous avait jusqu'ici épargnés s'est manifesté par une couche de neige de 3 cm, deux jours avant le printemps.
Surprenant, après la période quasi estivale que nous avons eue auparavant.
Les mésanges avaient déjà commencé à faire leur nid, trois semaines à l'avance.
Une première chauve-souris a volé hier, à la tombée du jour, devant la maison.
TU CHERCHES UN TROU DE CAMPAGNOL INOCCUPÉ POUR Y FAIRE TON NID, MON GROS BOURDON ?
14
MMH !... TU RESTES LONGTEMPS À L'INTÉRIEUR... IL SEMBLE TE CONVENIR...
BIEN ! TU PEUX APPELER LE RESTE DE LA COLONIE À PRÉSENT !
IL CAUSE TOUT SEUL ?
NON ! IL PARLE AUX SEULS ÊTRES QU'IL CROIT DIGNES DE LUI ! ATTENDEZ, ON VA RIGOLER...

AH ! TU ES ENFIN SORTI DE TON REFUGE HIVERNAL, PARESSEUX !...
C'EST UN TOUT-FOU !
QUAND JE VOUS L'DISAIS !
...TU AS BIEN RAISON D'EN PROFITER ! LE SOLEIL EST DÉJÀ CHAUD !
CHANTE, MISTER FAUVETTE, CHANTE, MON BEAU... TIENS ! TU N'AS PAS ENCORE TROUVÉ L'ÂME SOEUR ?
TU PARLES ! ELLE N'ÉTAIT PLUS BONNE À BAISER, ALORS, JE L'AI LARGUÉE !
!?
NOM DE DIEU !
FOUTEZ-MOI LE CAMP, BANDE DE MORVEUX !
HA ! HA ! HA ! TU PEUX TOUJOURS ESSAYER DE NOUS RATTRAPER, VIEUX CON !

FOUTEZ LE C...THEU!
HUM! THEU! THEU! THEU!
THEU! THEU!... MON DIEU, CETTE SALOPERIE ME RONGE ENCORE UN PEU PLUS...
LE RETOUR DU PRINTEMPS ME L'AVAIT PRESQUE FAIT OUBLIER, MAIS C'ÉTAIT POUR SE RAPPELER À MON BON SOUVENIR PLUS CRUELLEMENT ENCORE... THEU! THEU! THEU!
VOUS N'EN AVEZ CURE, VOUS AUTRES, VOUS ÊTES PLEINS DE SÈVE, PLEINS DE VIE...
...VOUS DEVEZ SUBIR LA CONVERSATION D'UN VIEUX DÉBRIS. ÇA PEUT PARFOIS ÊTRE LASSANT, J'EN CONVIENS...
...MAIS VOUS NE DEVREZ PLUS LA SUBIR TRÈS LONGTEMPS.
16

EFG-652
VOICI LA RADIO DES POUMONS ET L'ÉLECTROCARDIOGRAMME QUE NOUS AVONS FAIT PASSER À ARNOLD LA SEMAINE DERNIÈRE...
... COMME TU PEUX VOIR, MATHILDE, LES POUMONS SONT ATTEINTS ET L'ÉLECTROCARDIOGRAMME EST FRANCHEMENT MAUVAIS.
UNE SCLÉRODERMIE DIFFUSE.
C'EST CE QU'ON CRAIGNAIT. LE COEUR EST TOUCHÉ ÉGALEMENT, LES REINS ET L'OESOPHAGE VONT SUIVRE À LEUR TOUR.
J'AVAIS REMARQUÉ UN ÉPAISSISSEMENT DE LA PEAU, AU NIVEAU DE SES MAINS.
EN EXPÉDITION, IL AVAIT DÉJÀ DES PROBLÈMES VASCULAIRES : LE BOUT DE SES DOIGTS S'ENDORMAIT ET DEVENAIT BLANC. JE ME DEMANDE SI CETTE MALADIE NE SERAIT PAS LIÉE AU FROID.
CE N'EST PAS PROUVÉ. ON NE CONNAÎT PAS GRAND-CHOSE SUR LES ORIGINES, LES AVIS DIVERGENT. ÇA POURRAIT AUSSI ÊTRE UN TROUBLE IMMUNITAIRE : L'ORGANISME, AU LIEU DE SE PROTÉGER CONTRE LES MICROBES EXTÉRIEURS, FABRIQUE DES ANTICORPS CONTRE LUI-MÊME.
ARNOLD N'IRA PAS À L'HÔPITAL ! JE LE SOIGNERAI MOI-MÊME ICI. JE VEUX QU'IL VIVE PLEINEMENT SES DERNIERS JOURS. SON JARDIN L'Y AIDERA, J'EN SUIS CERTAINE.
17

7/04 Les abeilles solitaires virevoltent devant les trous des nichoirs; elles apportent du pollen et du nectar pour remplir les cavités et pondre leurs œufs.
15/04 Les températures flirtent avec les 30°C depuis plus de trois jours!
29/04 Un mois sans pluie, et encore de nouvelles températures estivales.
30/04 La journée a été très lourde. On a entendu gronder le tonnerre. L'orage a éclaté en fin de journée, et la pluie qui a suivi a été bien insuffisante.
27/04 Feu de broussailles à l'extrémité du jardin. Mon voisin, le père Gus a voulu brûler les branches de sa haie qu'il venait de couper. Les pompiers ont dû intervenir!
1/05 Les pois de senteur devant la maison, semés en avril l'année dernière, ont résisté à l'hiver très doux et sont prêts à fleurir : du jamais vu!
4/05 Les semis de coquelicots et fleurs sauvages effectués le 10 avril tardent à germer à cause de la sécheresse. Le vent d'est, de plus en plus présent, n'arrange rien.

15/05 Le jardin éclôt quinze jours à l'avance.
JE VOUS AIME! JE VOUS AIME!
MONSIEUR FRANCART...
BONJOUR, MONSIEUR FRANCART, JE M'APPELLE MATHILDE LEMARQUE, JE TERMINE MES ÉTUDES DE MÉDECINE, JE SUIS EN STAGE À LIBRAMONT. J'AVAIS HÂTE DE VOUS RENCONTRER.
J'AI SUIVI VOTRE PÉRIPLE DANS LE GRAND NORD CANADIEN, DE PONT INLET À IGLOOLIK L'ANNÉE DERNIÈRE, DANS LES MÉDIAS.
TRENTE-DEUX JOURS ENTRE LA BANQUISE ET LA TERRE FERME! QUEL FABULEUX VOYAGE CELA A DÛ ÊTRE!...
... J'ÉTAIS DANS CHACUN DE VOS PAS!
!?
MONSIEUR FRANCART!
19

AH ! BONJOUR, MONSIEUR FRANCART !
QUI VOUS A PERMIS D'ENTRER DANS MON JARDIN ? FICHEZ-MOI LE CAMP
TOUT DE SUITE, MAUDITE FEMELLE !
PTCHEU ! PTCHEU !
VOUS ME SORTEZ LE JEU DU GROS MACHO, MONSIEUR FRANCART... ÇA NE VOUS VA PAS DU TOUT !...
... LE CRÉATEUR DE TELLES MERVEILLES NE PEUT ÊTRE AUSSI GROTESQUE !...
... LA RÉDACTION DE MON MÉMOIRE EST BIEN AVANCÉE, JE TENAIS À VOUS ...
VOUS SAVEZ TRÈS BIEN QUE JE NE VEUX PLUS ENTENDRE PARLER DE TOUT CELA, MADEMOISELLE !
PAS ENCORE, JE COMPRENDS TRÈS BIEN, MONSIEUR FRANCART, PAS ENCORE...
LA PROTECTION ET LE MAINTIEN DES POPULATIONS D'ABEILLES SOLITAIRES SONT NÉCESSAIRES, ELLES PARTICIPENT À LA POLLINISATION DES FLEURS ET DES ARBRES FRUITIERS. LE NOMBRE D'ABEILLES A FORTEMENT DIMINUÉ À CAUSE DU MANQUE D'APICULTEURS ET DE MALADIES TELLES LE VARROA.
?!
HEU... TOUT JUSTE... VOUS ME COUPEZ LE SOUFFLE, MADEMOISELLE ...
... VOYEZ CE NICHOIR... POUR LE FABRIQUER, IL SUFFIT D'UNE POUTRE DE ± 30 cm ; ENSUITE, FORER DES TROUS DE 8 cm DE PROFONDEUR AVEC DES MÈCHES À BOIS DE DIFFÉRENTS DIAMÈTRES, PARCE QU'IL Y A PLUSIEURS ESPÈCES D'ABEILLES...
... IL FAUT PLACER LE NICHOIR CÔTÉ SUD-EST, ÉVENTUELLEMENT L'ABRITER.
20

NICHOIR ABEILLES SOLITAIRES
ON PEUT AUSSI RÉALISER DES NICHOIRS EN UTILISANT DES TIGES À MOELLE DE SUREAU, DE FRAMBOISIER, QUE L'ON PLACE DANS UN TUYAU DE ± 10 cm DE DIAMÈTRE ET 30 cm DE LONG.
INGÉNIEUX!
MAIS VENEZ, JE VAIS VOUS FAIRE VISITER MON DOMAINE, SI CELA VOUS INTÉRESSE.
J'EN SERAIS RAVIE!
VOYEZ ICI, L'ARBRE EST TAILLÉ EN BOULE POUR FACILITER LA NIDIFICATION DE CERTAINS OISEAUX.
COMME LA GRIVE LITORNE ET LA LINOTTE MÉLODIEUSE.
LÀ, VOUS M'ÉPATEZ! LES GENS RECONNAISSENT À PEINE LES MOINEAUX, LES MÉSANGES ET LES PIES!
IL NE FAUT PAS METTRE TOUT LE MONDE DANS LE MÊME PANIER, MONSIEUR FRANCART!
VOUS AVEZ RAISON, JE SUIS STUPIDE!
JE VOIS QUE VOUS AVEZ AUSSI PLACÉ DES PERCHOIRS À PLUSIEURS ENDROITS.
OUI, ILS SONT SURTOUT UTILISÉS PAR LES RAPACES, AUTANT LES DIURNES QUE LES NOCTURNES.
ARNOLD! LE SOUPER EST PRÊT!
21

JE CROIS QUE LA SOUPE EST DANS L'ASSIETTE ! JE VAIS VOUS LAISSER. J'AI ÉTÉ HEUREUSE QUE VOUS M'AYEZ ACCORDÉ UN PEU DE VOTRE TEMPS, MONSIEUR FRANCART.
TOUT LE PLAISIR FUT POUR MOI, MADEMOISELLE BARBARA.
VOUS VOUS SOUVENEZ DE MON PRÉNOM ? VOUS ME FAITES TROP D'HONNEUR !
JE NE RISQUE PAS DE L'OUBLIER ! CE N'EST PAS TOUS LES JOURS QUE M'EST DONNÉE LA CHANCE DE CONVERSER AVEC UNE PERSONNE AUSSI ÉRUDITE QUE VOUS, ET QUI, DE SURCROÎT, ARBORE UN AUSSI JOLI MINOIS !
VOUS ÊTES EN PARFAITE OSMOSE AVEC LA FLORE DE MON JARDIN, BARBARA.
MONSIEUR FRANCART, VOUS ME GÊNEZ...
J'ESPÈRE VOUS REVOIR POUR DISCUTER À NOUVEAU DE JARDINAGE. D'ICI DEUX SEMAINES, LE JARDIN SERA À SON APOGÉE.

Omeprazole
20 mg
Omeprazole
20 mg
23

"... COMME, EN CETTE SAISON, IL N'Y A PRATIQUEMENT PAS DE DIFFÉRENCE ENTRE LE JOUR ET LA NUIT, JE DÉCIDE QUE LA NUIT DU 5 FÉVRIER, CETTE ANNÉE, N'EXISTERA PAS !"
ALLEZ !
YAAH !
YAAH ! YAAH !
YAAAH !
24

5/06 J'ai butté les pommes de terre, ainsi que les haricots.
7/06 34°C! Il fait torride et orageuse. Serait-ce déjà la canicule?
8/06 Un machaon a survolé le jardin: exceptionnel sous notre climat d'Ardenne!
12/06 Les orages se sont tus. J'ai pu repiquer les cucurbitacées: potirons, potimarrons et courgettes.
14/06 Une bonne odeur de confiture de fraises embaume la cuisine.
15/06 Barbara n'est pas revenue...
25

C'EST UN SOIR DE MAI 1988 QUE JE FIS LA CONNAISSANCE DE SYLVAIN DURIEUX, INGÉNIEUR ET PHYSICIEN DE L'ATMOSPHÈRE, À L'INSTITUT GEORGES LEMAÎTRE À L'U.C.L. (*)
(*) U.C.L. : UNIVERSITÉ CATHOLIQUE DE LOUVAIN (BELGIQUE)
IL ME CONFIA ÊTRE UN GRAND PASSIONNÉ DES PÔLES. IL CONNAISSAIT MES EXPÉDITIONS DANS LES MOINDRES DÉTAILS.
IL AVAIT ÉLABORÉ UN MODÈLE MATHÉMATIQUE SUR LA CIRCULATION DES VENTS, TANT EN ARCTIQUE QU'EN ANTARCTIQUE.
SON AIDE ALLAIT S'AVÉRER PRÉCIEUSE DANS LA PRÉPARATION DE MA PROCHAINE EXPÉDITION : LA TRAVERSÉE DE L'ARCTIQUE D'EST EN OUEST.
J'AI ACQUIS LA CERTITUDE QUE LES VENTS N'ÉTAIENT PAS TROP VIOLENTS, ET QUE LEURS DIRECTIONS DEVAIENT ÊTRE FAVORABLES DANS LES QUATRE PREMIERS MOIS DE L'ANNÉE. VOUS ALLEZ DONC POUVOIR UTILISER LES VENTS DE SURFACE, MONSIEUR FRANCART.
J'Y COMPTE BIEN, MON CHER ! C'EST MÊME INDISPENSABLE, VU LA LONGUEUR DE L'ITINÉRAIRE !
IL RESTE DONC À PERFECTIONNER LES VOILES QUI ONT DÉJÀ CONTRIBUÉ À VOTRE SUCCÈS EN ANTARCTIQUE.
J'AI FAIT APPEL À UN PASSIONNÉ DE CERF-VOLANT DE TRACTION. NOUS ALLONS CONCEVOIR ET METTRE AU POINT UNE NOUVELLE VOILE. ELLE AURA L'ALLURE D'UNE CHAUVE-SOURIS, ELLE SERA BEAUCOUP PLUS LÉGÈRE ET PERFORMANTE QUE LES PARAFOILS CLASSIQUES !
CETTE VOILE VA T'OUVRIR LES PORTES DE CETTE TRAVERSÉE, MON CHÉRI !
26

22/06 Pluie persistante, le temps se rafraîchit: 19°C, pas plus!
24/06 36 litres d'eau au m²!
27/06 Petite accalmie, j'en profite pour arracher les mauvaises herbes dans les parterres.
30/06 19°C et à nouveau la pluie... décidément!
Fin juin fut désastreux. Juillet ne commence pas mieux. Je suis au repos forcé.
13/07 Enfin une belle journée, je cueille les groseilles et le cassis. La récolte est bonne, ça me met du baume au cœur.
16/07 Il pleut à nouveau, il fait chaud. Temps désagréable. Je suis enfermé dans la cabane, j'attends...
17/07 Barbara n'est toujours pas revenue. Après tout, ce n'est pas un temps pour visiter le jardin.

COMME VOUS LE SAVEZ, L'ARCTIQUE EST UN OCÉAN RECOUVERT D'UN IMMENSE COUVERCLE DE GLACE, PERPÉTUELLEMENT EN MOUVEMENT À CAUSE DE LA ROTATION DE LA TERRE, DES COURANTS ET DES VENTS. LA BANQUISE VOIT SON ÉPAISSEUR DIMINUER CHAQUE ANNÉE EN RAISON DU RÉCHAUFFEMENT CLIMATIQUE ; AINSI ELLE SE DÉCHIRE ET LAISSE APPARAÎTRE LES EAUX NOIRES DE L'OCÉAN. DES PLAQUES DE GLACE SE PRESSENT ALORS LES UNES CONTRE LES AUTRES ET S'ENCHEVÊTRENT.
IL FAUDRA DONC CONCEVOIR UN TRAÎNEAU À LA FOIS AMPHIBIE ET RÉSISTANT AUX CHOCS DES GLACES.
AVEC DES SPÉCIALISTES EN PETITE AVIATION, J'AI RECHERCHÉ LE MEILLEUR COMPROMIS ENTRE SOLIDITÉ, SOUPLESSE ET POIDS, BIEN SÛR !
LA COQUE QUE J'AI FAIT RÉALISER A ÉTÉ TESTÉE DANS LES CONDITIONS LES PLUS SÉVÈRES EN SIBÉRIE ARCTIQUE CET HIVER : PASSAGE DE ZONES DE COMPRESSION, CHUTES, RÉSISTANCE AUX CHOCS, AU POINÇONNEMENT, À L'ABRASION, ET ENFIN, MISE À L'EAU...
...TOUS LES RÉSULTATS SONT CONCLUANTS !
À FORCE DE PRÉPARER CETTE EXPÉDITION, JE LA VIS ! VOUS NE POUVEZ PAS IMAGINER À QUEL POINT J'AIMERAIS ÊTRE À VOTRE PLACE LE JOUR DU DÉPART, MONSIEUR FRANCART !
À LA PLACE DE MON MARI, MON CHER SYLVAIN ?...
28
À MA PLACE !... TU NE CROYAIS PAS SI BIEN DIRE, MATHILDE...

20/07 Après de nouvelles pluies orageuses, le jardin fume comme une chaudière.
21/07 Les limaces ont envahi le potager. Je n'aime pas cela, mais je suis bien obligé d'intervenir si je veux sauver mes salades : je les coupe en deux avec des ciseaux, ainsi elles souffrent moins.
22/07 Il fait sec... enfin ! Je peux commencer à tailler les arcades et les haies.
23/07 À nouveau une fine pluie, je ne peux terminer le travail.
25/07 Il fait sec, il y a même du soleil ! Je vais tailler l'arcade d'entrée... Je suis toujours sans nouvelles de Barbara...

FAIRE LA TRAVERSÉE À LA PLACE DE MON MARI COMME VOUS LE DISIEZ, MON CHER SYLVAIN, CERTES NON... IL NE MANQUERAIT CELA POUR RIEN AU MONDE ! MAIS VOUS POURRIEZ ÊTRE À SES CÔTÉS !
NOUS EN AVONS DISCUTÉ TOUS LES DEUX : ARNOLD VA AVOIR CINQUANTE-DEUX ANS. JE LUI AVAIS FAIT PROMETTRE DE NE PLUS PARTIR APRÈS CINQUANTE ANS, MAIS LE VIRUS EST DÉCIDÉMENT TROP FORT !
IL A ACCEPTÉ LE COMPROMIS DE PARTIR ACCOMPAGNÉ. NOUS N'OSIONS VOUS POSER LA QUESTION, SYLVAIN : ACCEPTERIEZ-VOUS D'ÊTRE L'ÉQUIPIER D'ARNOLD DANS CETTE FOLLE ÉPOPÉE ?
JE SUIS LE PLUS HEUREUX DES HOMMES, MATHILDE !
NOUS ALLONS FÊTER ÇA !
À NOTRE SUCCÈS !
LA SEULE VÉRITABLE INCONNUE RESTAIT L'ÉTAT DES GLACES...

ALASKA (USA)
CANADA
OCÉAN ARCTIQUE
Îles de Nouvelle Sibérie
Pôle Nord
Île Ellesmere
RUSSIE
GROENLAND
80°
70°
Cercle arctique
FINLANDE
SUÈDE
NORVÈGE
60°
NOUS ALLONS RELIER, EN AUTONOMIE COMPLÈTE, LES RIVES SIBÉRIENNES AUX CONFINS CANADIENS EN FRANCHISSANT LE PÔLE NORD. NOUS PASSERONS AINSI D'UN CONTINENT À L'AUTRE, D'EST EN OUEST ! NOUS VOULONS AINSI SENSIBILISER LE MONDE SUR L'IMPORTANCE DE LA PROTECTION DE CES MILIEUX SI DÉTERMINANTS POUR NOTRE PLANÈTE.
NOUS ALLONS POUVOIR VÉRIFIER CES RUMEURS ALARMANTES SUR LE RÉCHAUFFEMENT CLIMATIQUE QUE NOUS RELAYENT LES SCIENTIFIQUES, LES AVENTURIERS POLAIRES, MAIS SURTOUT LES POPULATIONS AUTOCHTONES : LES IAKOUTES ET LES INUITS CANADIENS.
...JE VOUS REMERCIE, MONSIEUR FRANCART !
VOTRE FEMME
ET VOTRE ÉQUIPIER VOUS ATTENDENT DANS LE BUREAU T21.
T 21
31

"Tiens v'là la pluie!
Oh! quel sale temps!
Où est-il, l'été?
L'été, où est-il?
Oh! là, mais que vois-je apparaître
En regardant à ma fenêtre?
Là, cette dame qui vole en voiles de nylon
Et qui tient un bâton tout plein rempli d'étoiles..."
9/08 Je pense à cette chanson de Boby Lapointe.
Il pleut la semaine, quelques éclaircies le week-end ... Fichu été! Je n'ai pas revu Barbara ...
12/08 Je profite de cette période sèche (le 3e jour, un record!) pour récolter les graines des coquelicots.
OH! MON DIEU...
32

BARBARA ...
... MADEMOISELLE BARBARA, VOUS ENFIN !
ARNOLD !
QUI EST CETTE BARBARA ? SERAIT-CE CETTE ÉTUDIANTE DU PRINTEMPS DERNIER ?
33

LES GENS DOIVENT NOUS PRENDRE POUR DES DINGUES, À COURIR AINSI, ATTELÉS À UN PNEU !
ILS N'ONT PEUT-ÊTRE PAS TORT ! IL FAUT ÊTRE UN PEU FOU POUR ENTREPRENDRE CETTE TRAVERSÉE DE L'ARCTIQUE !
UNE HEURE VINGT-SEPT ! RECORD BATTU !
VOUS AVEZ FAIT DE SÉRIEUX PROGRÈS, MON CHER SYLVAIN !
J'AVAIS INTÉRÊT ! SUR LA BANQUISE, CE SERA UN TRAÎNEAU DE CENT QUATRE-VINGTS-KILOS QUE JE DEVRAI TIRER !
JE PENSE QUE NOUS AVONS MÉRITÉ UNE BONNE BIÈRE !
À NOTRE SUCCÈS DANS L'ARCTIQUE !
À NOTRE SUCCÈS ! TIENS, VOUS AVEZ UNE NOUVELLE MONTRE À VOTRE POIGNET, SYLVAIN ?
HEU... OUI... C'EST MA FEMME QUI VIENT DE ME L'OFFRIR... C'EST UNE "TRANSARCTICA" : DOUBLE LECTURE VINGT-QUATRE HEURES, REPÉRAGE GÉOGRAPHIQUE À PARTIR D'UNE VISÉE SOLAIRE SUR LE PÔLE NORD, BOÎTE TITANE KEVLAR, ÉTANCHE JUSQU'À CENT MÈTRES.
JOLI GADGET ! POUR MA PART, JE M'EN SUIS TOUJOURS PASSÉ !
34

Après mon évanouissement dans les coquelicots, Mathilde m'a mis au repos forcé. De toute façon, la seconde quinzaine d'août fut à nouveau pluvieuse.
Septembre arrive. Barbara ne viendra plus, je m'en suis fait une raison.
2/9 J'ai secoué les pruniers: la récolte est moyenne.
7/9 Je viens de prendre les dernières courgettes.
9/9 La terre est sèche, je commence à arracher les pommes de terre. J'opère un tri sélectif pour conserver les meilleurs spécimens pour l'année prochaine...
... pure utopie: je ne serai plus là pour les replanter.
THEU! THEU! THEU!
PTCH!
MERDE! VOILÀ LA RÉALITÉ QUI RESSURGIT, IMPITOYABLE!
MONSIEUR FRANCART! VOUS ÊTES LÀ?
OH! MON DIEU! MAIS... MAIS C'EST BARBARA! PAS MAINTENANT... PAS COMME ÇA...
35
VITE! EFFACER CETTE SALOPERIE!

AH ! BONJOUR, MONSIEUR FRANCART !
VOUS ALLEZ BIEN ?
OH ! BARBARA ! COMME JE SUIS HEUREUX DE VOUS REVOIR !
VOUS M'AVEZ FAIT ATTENDRE LONGTEMPS !...
...MAIS VOUS ÊTES LÀ, C'EST LE PRINCIPAL ! ALLONS FAIRE LE TOUR DU JARDIN...
VOLONTIERS !
J'ÉTAIS OCCUPÉ À ARRACHER LES POMMES DE TERRE COMME VOUS VOYEZ. JE SÉLECTIONNE LES PLUS BELLES POUR LES REPLANTER L'ANNÉE PROCHAINE.
BIEN QUE NOUS SOYONS EN FIN DE SAISON, JE DOIS RESTER VIGILANT : COUPER LES BRANCHES INDÉSIRABLES, ARRACHER LES HERBES DANS LES ALLÉES.

J'AI PRIS LES DERNIÈRES COURGETTES AVANT-HIER.
SI MADEMOISELLE VEUT BIEN ME FAIRE L'HONNEUR D'ENTRER DANS MON PALACE.
C'EST AVEC GRAND PLAISIR !
INSTALLEZ-VOUS. EXCUSEZ LE DÉSORDRE... JE SAIS, ÇA RESSEMBLE À L'INTÉRIEUR D'UN VIEUX CÉLIBATAIRE.
HUM ! PLUS QU'ENDURCI !
JE PEUX VOUS OFFRIR UNE TASSE DE CAFÉ ?
VOLONTIERS, SI LA TASSE EST PROPRE !
JE PRÉFÉRAIS VOUS LAISSER LE TEMPS, JE NE VOULAIS PAS VOUS FORCER, MONSIEUR FRANCART.
VOUS PRENEZ DU SUCRE ? JE N'AI PAS DE LAIT...
UN SUCRE, ÇA IRA TRÈS BIEN !
JE DOIS RENDRE MON MÉMOIRE AU PRINTEMPS, L'ANNÉE PROCHAINE. IL N'Y A DONC PAS D'URGENCE. JE PRÉFÈRE PRENDRE LE TEMPS POUR BIEN FAIRE LES CHOSES.
EH BIEN ! ALLEZ-Y, POSEZ-MOI VOS QUESTIONS, BARBARA, MAINTENANT QUE VOUS M'AVEZ DOMPTÉ !
37
JE SAVAIS QUE VOTRE CÔTÉ BOURRU N'ÉTAIT QU'UNE FAÇADE, MONSIEUR FRANCART.

VOUS AVEZ CONSERVÉ LES JOURNAUX DE CET ÉTÉ, JE VOIS.
VOUS AVIEZ RAISON DEPUIS LONGTEMPS, MONSIEUR FRANCART. PERSONNE NE VOUS A CRU À L'ÉPOQUE, ET VOILÀ LE RÉSULTAT AUJOURD'HUI !
HUM !
DÉBUT JUIN : LA SAISON DES MOUSSONS S'AVÈRE MEURTRIÈRE EN INDE, AU BENGLADESH ET AU NÉPAL.
SECONDE MOITIÉ DU MOIS DE JUIN : CANICULE ET INCENDIES DE FORÊT EN EUROPE DU SUD-EST.
Climat
jours cruciaux pour l'avenir de notre planète
DÉBUT JUILLET : INONDATIONS RECORDS AU SOUDAN, EN ÉTHIOPIE ET AU NIGER.
20 JUILLET : DÉBUT DES INONDATIONS EN ANGLETERRE.
DÉBUT AOÛT : DÉLUGE EN CORÉE DU NORD.
18 AOÛT : L'OURAGAN DEAN ATTEINT LES CARAÏBES.
23 AOÛT : LES INCENDIES DE FORÊT FONT RAGE EN GRÈCE.
VOUS DEVEZ ÊTRE RÉVOLTÉ EN VOYANT CELA ! ET L'ANNÉE EST LOIN D'ÊTRE FINIE !
SI RIEN NE CHANGE, LA BANQUISE POURRAIT DISPARAÎTRE EN ÉTÉ AVANT LA FIN DU SIÈCLE ! MAIS, REVENONS À VOTRE MÉMOIRE, BARBARA.
38

VOTRE ÉPOUSE M'A DÉJÀ ÉNUMÉRÉ LE CONTENU DE LA PHARMACIE QU'ELLE VOUS PRÉPARAIT. EN CE QUI CONCERNE L'ALIMENTATION, VOUS DEVIEZ AUSSI AVOIR DES RATIONS BIEN SPÉCIFIQUES.
LES CONDITIONS CLIMATIQUES POLAIRES AMÈNENT L'INDIVIDU À VIVRE DANS DES TEMPÉRATURES QUI OSCILLENT ENTRE -20°C ET -50°C.
MÊME AVEC UN HABILLEMENT OPTIMAL, LA DÉPERDITION CALORIFIQUE IMPOSE UN SURPLUS D'ÉNERGIE ALIMENTAIRE TRÈS IMPORTANT...
... SOUS DE TELLES TEMPÉRATURES, IL FAUT COMPTER UN SURPLUS DE 1.500 Kcal/JOUR. POUR COMPENSER LES PERTES DUES AU FROID, LA RATION CALORIFIQUE TOTALISERA DONC : 3.000 Kcal (BESOIN NORMAL) + 1.500 Kcal (POUR LE FROID) + 1.500 Kcal (POUR L'EFFORT) SOIT : 6.000 Kcal/JOUR...
... L'ÉQUILIBRE DE BASE, EN TEMPS NORMAL, EST DE 12 % PROTÉINES, 33 % LIPIDES ET 55 % GLUCIDES. EN MILIEU POLAIRE, IL EST DE 7 % PROTÉINES, 67 % LIPIDES, 26 % GLUCIDES. VOUS VOYEZ LA DIFFÉRENCE.
CERTES OUI !
LES GRAISSES, AINSI AMENÉES EN GRANDE QUANTITÉ DANS LE CORPS, VONT ÊTRE STOCKÉES DANS LES TISSUS, ENTRE LES ORGANES D'ABORD, PUIS SOUS LA PEAU. CES DÉPÔTS SONT D'UNE IMPORTANCE CAPITALE CAR ILS VONT FORMER UNE COUCHE ISOLANTE CONTRE LE FROID.
L'ACTION PERMANENTE DU FROID SUR LE CORPS VA, DE PLUS, HARMONISER LA RÉPARTITION DE CES GRAISSES SOUS TOUT L'ÉPIDERME.
39
LE TEMPS DE METTRE TOUT CELA AU NET ET JE REVIENDRAI VOUS VOIR, MONSIEUR FRANCART.
QUAND VOUS VOULEZ, BARBARA !
NE TARDEZ PAS TROP, BARBARA...

12/9 Ma musette à l'épaule, j'ai cueilli les noisettes.
17/9 J'ai récolté les dernières pommes. Il y en a eu beaucoup cette année.
MONSIEUR FRANCART !
AH ! MADEMOISELLE BARBARA, JE VOUS ATTENDAIS !
VOYEZ : JE VAIS COMME UN FIER JEUNE HOMME !
BONJOUR, MONSIEUR FRANCART ! COMMENT ALLEZ-VOUS AUJOURD'HUI ? JE NE VOUDRAIS PAS VOUS FATIGUER.
VOULEZ-VOUS GOÛTER MES NOISETTES ? IL EN RESTE DE TRÈS BELLES !
VOLONTIERS !
J'AI UN CASSE-NOISETTES DANS MA POCHE. JE LES PRÉFÈRE AINSI, CUEILLIES ET DÉGUSTÉES SUR PLACE !
APRÈS VOUS, MA CHÈRE !

BARBARA, VOUS ALLEZ ÊTRE LA PREMIÈRE PERSONNE, HORMIS LES ENQUÊTEURS À L'ÉPOQUE, À QUI JE VAIS RACONTER MA DERNIÈRE EXPÉDITION EN ARCTIQUE. J'AVAIS RETRANSCRIT LES MOINDRES FAITS DE LA TRAVERSÉE DANS DES CARNETS DE ROUTE QUE JE CONSERVE ICI DANS LA CABANE. JE NE LES AI JAMAIS ROUVERTS. INUTILE. SEIZE ANNÉES SE SONT ÉCOULÉES. MAIS POUR MOI, C'EST COMME SI C'ÉTAIT HIER, LA DOULEUR NE S'EST JAMAIS ÉTEINTE. AUJOURD'HUI, JE RESSENS LE BESOIN DE ME CONFIER À UNE PERSONNE TELLE QUE VOUS...
... TOUTE UNE SÉRIE D'INCIDENTS PERTURBÈRENT NOTRE DÉPART. LE PIRE FUT L'ÉNORME RETARD DE L'HÉLICOPTÈRE RUSSE QUI DEVAIT NOUS EMMENER...
... NOUS FÛMES AINSI, SYLVAIN DURIEUX ET MOI, DÉPOSÉS SUR LA BANQUISE ALORS QUE LE JOUR AVAIT PRATIQUEMENT DISPARU, PAR -46°C, DE LA PURE FOLIE !...
... DANS L'OBSCURITÉ, ON SE HEURTAIT AU RELIEF. IMPOSSIBLE DE TROUVER UN RYTHME, ON S'ENFONÇAIT DANS DES TROUS DE NEIGE...
... IL FALLUT SORTIR LES LAMPES FRONTALES. NOUS SOMMES TOMBÉS DIRECTEMENT NEZ À NEZ AVEC LES PREMIÈRES TRACES D'OURS. ÉTAIT-IL TOUJOURS DANS LES PARAGES ? JE SORTIS MON ARME. J'AI CRU LE VOIR BONDIR SUR NOUS PLUSIEURS FOIS. EN UNE HEURE ET DEMIE, NOUS AVONS PROGRESSÉ À PEINE DE QUELQUE CENTAINES DE MÈTRES. C'ÉTAIT DÉLIRANT !...
... DANS QUEL MONDE NOUS ÉTIONS-NOUS ENGAGÉS ? FINALEMENT, SUR LA PREMIÈRE SURFACE PLANE DE QUELQUES DIZAINES DE MÈTRES CARRÉS, NOUS AVONS PLANTÉ NOTRE TENTE...
41

LA QUALITÉ DE LA GLACE NOUS INQUIÉTAIT. LES PLAQUES ÉTAIENT TROP PETITES, TROP FAIBLES ET TROP MOUVEMENTÉES. ELLES S'ENTRECHOQUAIENT, SE DRESSAIENT ET S'ÉCRASAIENT EN BRUITS SOURDS, COMME DES VAGUES SUR UN RÉCIF. CES GÉMISSEMENTS EMPLISSAIENT BIENTÔT TOUT L'ESPACE ET NOUS HANTAIENT...
...L'AMONCELLEMENT DE CES BLOCS DE GLACE MÉNAGEAIT DE TEMPS À AUTRE UNE PLATE-FORME. IMAGINEZ QUE L'ON RENVERSE SUR UNE TABLE DES MORCEAUX DE GLACE SORTIS DU RÉFRIGÉRATEUR. ÉCARTEZ-LES À CERTAINS ENDROITS ET JETEZ DEUX FOURMIS AU MILIEU DE CE CHANTIER. EXAMINEZ MAINTENANT LEUR PROGRESSION, ET VOUS AUREZ UNE BONNE IDÉE DE CE QUE NOUS AVONS VÉCU...
...DANS DE TELLES CONDITIONS, IL NOUS ÉTAIT QUASI IMPOSSIBLE D'UTILISER NOS VOILES. NOUS AVONS BIEN DÛ NOUS RENDRE À L'ÉVIDENCE ET NOUS RÉSIGNER À NE PLUS RÉALISER LA TRAVERSÉE INTÉGRALE D'EST EN OUEST. NOTRE NOUVEL OBJECTIF DEVENAIT LE PÔLE...
...NOUS EN AVONS FAIT PART À NOTRE Q.G. ET L'AVONS CHARGÉ DE CONTACTER LA COMPAGNIE CANADIENNE QUI DEVAIT NOUS REPRENDRE À RESOLUTE BAY. NOUS PENSIONS ATTEINDRE LE PÔLE À LA MI-JUIN, MAIS VU LA DOUCEUR RELATIVE DU DERNIER HIVER EN ARCTIQUE, LA COMPAGNIE REFUSAIT DE NOUS CUEILLIR À CETTE DATE. POUR EUX, LA TROISIÈME SEMAINE DE MAI ÉTAIT LA DATE ULTIME POUR ALLER CHERCHER DES HOMMES AU PÔLE...
...ALLIONS-NOUS PARVENIR AU PÔLE DANS CES DÉLAIS? CE N'ÉTAIT PAS SÛR. NOUS NOUS SENTIONS DE PLUS EN PLUS LIVRÉS À NOUS-MÊMES, VOIRE ABANDONNÉS.
42
C'EST DANS CES JOURS-LÀ QUE L'ACCIDENT QUI A COÛTÉ LA VIE À SYLVAIN DURIEUX ARRIVA, N'EST-CE PAS?

LA SUITE M'EST PARTICULIÈREMENT PÉNIBLE À VOUS RACONTER, BARBARA.
NOUS SOMMES ARRIVÉS DANS UNE ZONE POURRIE DANS LAQUELLE NOUS AVONS PATAUGÉ TOUT L'APRÈS-MIDI. NOUS ESPÉRIONS EN SORTIR AU PLUS TÔT.
APRÈS DEUX PETITS CHENAUX QUE NOUS AVONS FRANCHIS À L'AISE EN UTILISANT UN TRAÎNEAU COMME PONT, NOUS SOMMES TOMBÉS SUR UN LEAD D'UNE DOUZAINE DE MÈTRES DE LARGE.
C'ÉTAIT UNE VÉRITABLE RIVIÈRE QUE NOUS DEVIONS TRAVERSER...
...NOUS AVONS ACCOLÉ LES DEUX TRAÎNEAUX, TEL UN CATAMARAN. NOUS AVONS POUSSÉ NOTRE RAFIOT À L'EAU. SYLVAIN ÉTAIT À L'AVANT...
...IL S'AGISSAIT DE RAMER FERME PAR UN VENT CONTRAIRE. LA NEIGE S'EST MISE À TOMBER ABONDAMMENT SUR UNE EAU NOIRE.
IMPOSSIBLE D'ACCOSTER SUR L'AUTRE RIVE, LE VENT NOUS BALLOTTAIT ET NOUS RENVOYAIT AU GRÉ DES COURANTS...
...NOUS ÉTIONS PRÈS DE CHAVIRER. ENCAPUCHONNÉS, NOUS N'AVONS RIEN VU VENIR.
SYLVAIN ! PAS UN GESTE !
BAM!
43

JE N'AI PAS EU LE TEMPS DE SAISIR MON ARME...
...QUE DÉJÀ L'ANIMAL LUI INFLIGEAIT UN TERRIBLE COUP DE PATTE.
GROAAR! GRRR!
TCHAK!
PANG! PANG!
FOUS LE CAMP, SALOPERIE!
MAIS IL ÉTAIT DÉJÀ TROP TARD POUR SYLVAIN. DANS CETTE EAU GLACIALE, IL A COULÉ À PIC.
SYLVAIN! SYLVAIN! NOON!
VOUS N'AVEZ RIEN PU FAIRE POUR LE SAUVER, MONSIEUR FRANCART?
RIEN! RIEN! L'EAU ÉTAIT NOIRE COMME DE L'ENCRE! MON DIEU, JE N'AURAIS JAMAIS DÛ ENTRAÎNER SYLVAIN DANS CETTE FOLLE EXPÉDITION! IL SERAIT ENCORE EN VIE AUJOURD'HUI...
...JE ME SENS RESPONSABLE DE SA MORT. ÇA ME FAIT MAL, SI MAL...

C'EST MOI QUI L'AI TUÉ EN LE PLONGEANT DANS CET ENFER...
IL TENAIT PLUS QUE TOUT À VOUS ACCOMPAGNER.
... M...MMH... MMH !...
?! MONSIEUR FRANCART !
MADAME FRANCART ! VENEZ VITE, VOTRE MARI A UN MALAISE !
ARNOLD !
FICHEZ-MOI LE CAMP ! VOUS AVEZ ASSEZ FAIT DE MAL AINSI !
45

Nous avons accolé les deuxe traîneauxe pour en faire un catamaran. Nous avons poussé notre embarcation à l'eau. Sylvain était à l'avant...
SYLVAIN, MON PAUVRE SYLVAIN...
OÙ ES-TU, MON AMOUR ? JE T'AI CHERCHÉ PARTOUT, EN VAIN... DEPUIS SEIZE INTERMINABLES ANNÉES SANS TOI, J'ERRE DÉSESPÉRÉMENT DANS UN GRAND DÉSERT BLANC...
46

TOURNE-TOI, ARNOLD, JE VAIS TE FAIRE UNE PIQÛRE...
... JE NE PEUX QUE TE DONNER DE LA CORTISONE POUR APAISER LA DOULEUR, MALHEUREUSEMENT.
ESSAYE DE MANGER UN PEU. JE SAIS QUE CE N'EST PAS ÉVIDENT, TON OESOPHAGE SE PARALYSE, MAIS TU DOIS GARDER DES FORCES.
TU N'AS PAS ENCORE URINÉ. TES REINS SONT ATTEINTS, EUX AUSSI.
47

QU'EST-CE QUE... ?
CLAC! CLAC!
DE LA LUMIÈRE DANS LA CABANE ! UN RÔDEUR !
MON DIEU !
48

L'ÉTUDIANTE!
QUE FAITES-VOUS ICI ? ET COMMENT ÊTES-VOUS ENTRÉE ?
J'AI TROUVÉ LA CLÉ DERRIÈRE UN NICHOIR.
QUI ÊTES-VOUS VRAIMENT ?
JE M'APPELLE BARBARA DURIEUX, JE SUIS LA FILLE DE SYLVAIN DURIEUX. JE VEUX CONNAÎTRE LA VÉRITÉ SUR LA MORT DE MON PÈRE !

MON PÈRE N'EST PAS MORT DE LA PATTE D'UN OURS, MADAME FRANCART ! J'EN AI TOUJOURS EU L'INTIME CONVICTION !
ET MAINTENANT, J'EN AI LA CERTITUDE ! VOUS ME DEVEZ LA VÉRITÉ !
OH !
J'AI TROUVÉ CETTE MONTRE DISSIMULÉE DANS CE TISSU SUR LE HAUT DE L'ÉTAGÈRE !
TRANSARCTICA
Mathilde & Sylvain
VOUS LA RECONNAISSEZ, BIEN SÛR ! J'ATTENDS VOS EXPLICATIONS, MADAME FRANCART !
OUI ! VOTRE PÈRE ÉTAIT MON AMANT ! JE LUI AVAIS OFFERT CETTE MONTRE AVANT LE DÉPART DE L'EXPÉDITION TRAGIQUE. UNE FORCE IRRÉSISTIBLE NOUS ATTIRAIT L'UN VERS L'AUTRE.
50

J'AI TOUJOURS PENSÉ QUE MON MARI IGNORAIT NOTRE LIAISON.
VISIBLEMENT NON !
COMMENT CETTE MONTRE PEUT-ELLE SE TROUVER ICI, ALORS QU'ELLE DEVRAIT ÊTRE AU POIGNET DE MON PÈRE AU FOND DE L'OCÉAN ARCTIQUE ?
JE... JE NE COMPRENDS PAS, JE N'AI AUCUNE EXPLICATION.
DITES-MOI CE QUI S'EST PASSÉ, MADAME FRANCART ! JE VEUX SAVOIR, JE VOUS EN SUPPLIE !
JE NE SAIS RIEN DE PLUS ! RIEN ! RIEN ! LAISSEZ-MOI !
JE VEUX CONNAÎTRE LA VÉRITÉ !
LÂCHEZ-MOI !
ALLEZ-VOUS-EN, BON SANG !
FICHEZ LE CAMP ! QUE JE NE VOUS REVOIE JAMAIS ! JAMAIS !
PANG !

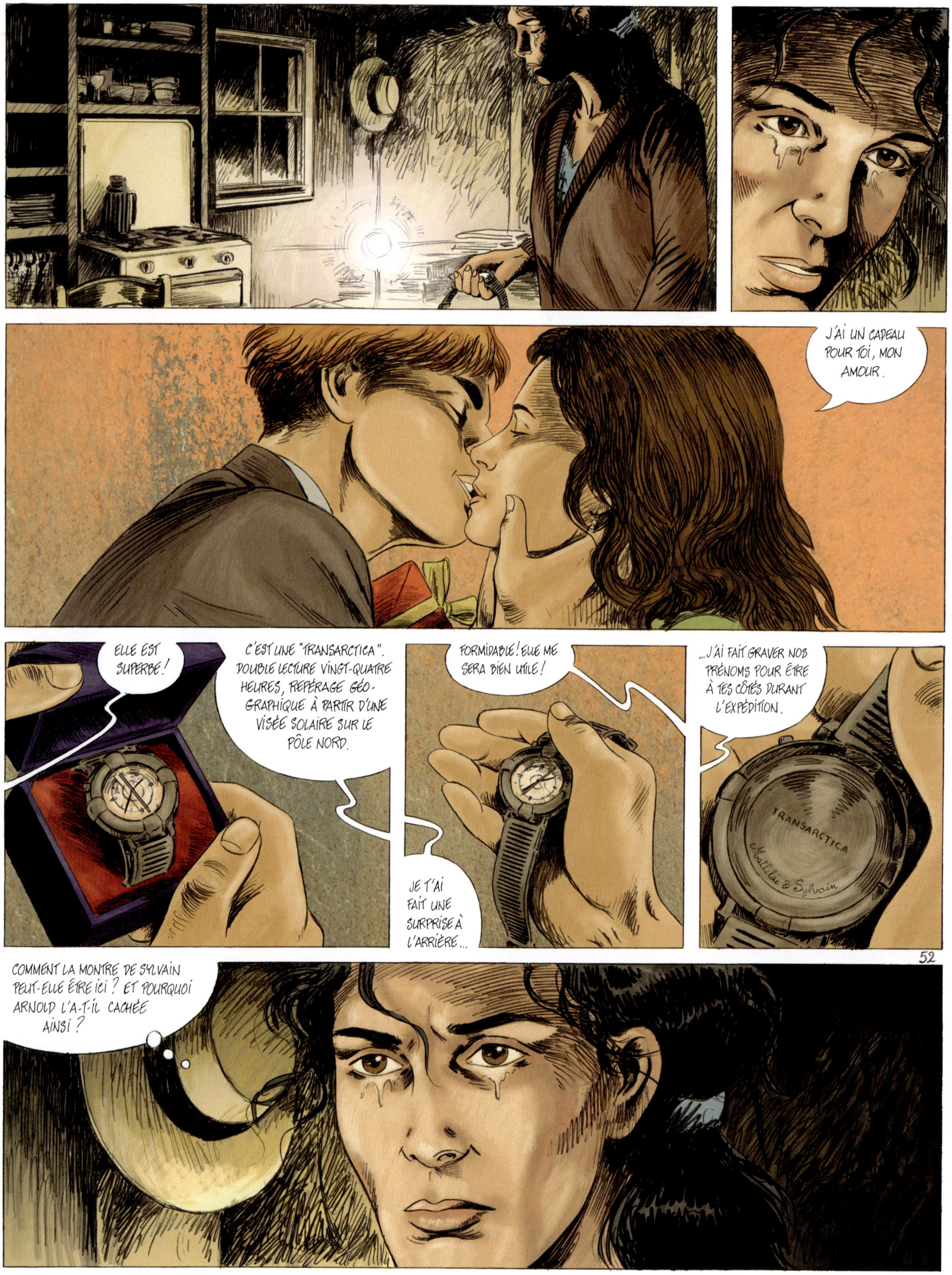
J'AI UN CADEAU POUR TOI, MON AMOUR.
ELLE EST SUPERBE !
C'EST UNE "TRANSARCTICA". DOUBLE LECTURE VINGT-QUATRE HEURES, REPÉRAGE GÉO-GRAPHIQUE À PARTIR D'UNE VISÉE SOLAIRE SUR LE PÔLE NORD.
JE T'AI FAIT UNE SURPRISE À L'ARRIÈRE...
FORMIDABLE ! ELLE ME SERA BIEN UTILE !
...J'AI FAIT GRAVER NOS PRÉNOMS POUR ÊTRE À TES CÔTÉS DURANT L'EXPÉDITION.
TRANSARCTICA
Mathilde & Sylvain
52
COMMENT LA MONTRE DE SYLVAIN PEUT-ELLE ÊTRE ICI ? ET POURQUOI ARNOLD L'A-T-IL CACHÉE AINSI ?

24/11 Les premiers flocons, je suis arrivé au terme de mon voyage.
24/11 Les premier
je suis arrivé au te
mon voyage.
Mes forces m'abandonnent
irrémédiablement
53

TIENS ! QU'EST-CE ?...
LA MONTRE DE SYLVAIN ! ELLE A DÛ SE DÉCROCHER DE SON POIGNET.
C'EST UN BEL OBJET...
?!
TRANSARCTICA
Mathilde & Sylvain

GLUP! MMUH!
MONSIEUR FRANCART! GLUP!
AIDEZ-MOI À REMONTER! GLUP!
MONSIEUR FRANCART!
AU SECOURS, MONSIEUR FRANCART!

55

Mademoiselle Barbara
?!
Mademoiselle Barbara
M... MATHILDE... TU... TU ENVERRAS CETTE LETTRE À BARBARA, L'ÉTUDIANTE, LORSQUE JE NE SERAI PLUS...
... JE NE CONNAIS NI SON NOM, NI SON ADRESSE... LE NUMÉRO DE PLAQUE DE SA VOITURE EST TKK-645... TU FERAS APPEL À TON FRÈRE, LE POLICIER... IL AURA TÔT FAIT DE TROUVER SES COORDONNÉES...
... TU... TU DOIS ME LE PROMETTRE, MATHILDE ! C'EST MA DERNIÈRE VOLONTÉ...
56

MMH! HE! HE!
HE! HE! HE!...
57
NON! HE! HE! NOOON!

MONSIEUR FRANCART ! GLUP ! MUH !
AIDEZ-MOI ! MUH ! GLUP !
MMUH ! MUH !
MUH ! MUH ! MUH !

J'AURAIS PU LE SAUVER !... NOON !
JE SUIS IN-TERVENU TROP TARD !... LE FROID L'AVAIT DÉJÀ PRIS !
NOON !
JE N'AI PAS SAUVÉ SYLVAIN DURIEUX !
NOOON !
JE L'AI TUÉ ! JE L'AI TUÉ !
ARNOLD !
ARNOLD ! ARNOLD ! OÙ ES-TU ?

ARNOLD !
60

Barbara,
Je vis mes derniers instants, mais avant de partir pour l'au-delà, je veux libérer ma conscience d'un fardeau que je porte depuis plus de seize ans.
Vous êtes une personne très pure, je regrette de n'avoir pas pu vous rencontrer plus tôt. Vous êtes la seule en qui je puis avoir confiance.
C'est pourquoi je vous ai choisie pour révéler mon terrible secret.
Sylvain Durieuse n'a pas été tué par un ours lors de notre expédition en Arctique, je suis responsable de sa mort...
...Sylvain est tombé à l'eau dans le lead. Je ne voulais pas intervenir, je ne voulais pas sauver l'amant de ma femme...
...Quand je lui ai tendu la main, il était déjà trop tard, le froid avait fait son travail...
...Son gant et sa montre sont restés dans ma main, puis il s'est enfoncé dans l'eau noire...
61

J.C SERVAIS - MAI 2008 -

COULEURS : RAIVES -

- Je viens de recevoir un appel d'Alain Hubert, me confie Cécile.
- Que me dis-tu là ? Alain Hubert est en Arctique en ce moment, il tire son traîneau sur la banquise !
- Oui, bien sûr ! Mais peu de gens le savent, je connais Alain depuis très longtemps et je lui prépare sa trousse de secours lorsqu'il part en expédition. Quand il a un problème, il m'appelle avec son portable, tout simplement ! Ici, il a des gelures au bout des doigts ! Je lui ai dit ce qu'il devait faire.

J'étais très étonné ! Je connais Cécile Bolly depuis pas mal d'années, pratiquement depuis qu'elle est venue s'installer dans ce petit village ardennais, près de Neufchâteau.

Cécile est médecin, thérapeute, enseignante, mais aussi écrivaine, photographe, guide nature ; elle héberge et soigne aussi les animaux sauvages blessés que les gens lui confient.

J'étais loin d'imaginer ce lien avec Alain Hubert. C'était en février 2007 ; nous étions tous les deux à la Foire du livre de Bruxelles pour y signer nos ouvrages respectifs.

À cette époque, j'amorçais le synopsis d'un futur album "Aire Libre". J'en étais aux balbutiements. J'avais le thème : je voulais raconter une histoire qui se déroulerait dans un jardin sur une saison, avec un vieux jardinier renfermé et secret. Je devais encore trouver un passé à ce personnage. Ce que Cécile venait de me confier tombait à point nommé : j'ai alors décidé que mon jardinier aurait un passé d'aventurier des glaces et que ses exploits seraient "calqués" sur ceux, bien authentiques, d'Alain Hubert...

JC Servais.

L'explorateur

Ne cherchez pas Alain Hubert à l'équateur : c'est un homme de l'extrême... Et ce n'est pas étonnant que ce soient les pôles qui le passionnent !
Au départ, il est ingénieur civil de formation. Après avoir vécu plus de 20 ans en Ardenne belge où il a travaillé comme menuisier ébéniste, il a rejoint Bruxelles, sa ville natale, pour en faire le centre de dispatching de ses expéditions polaires et de ses projets aux quatre coins du globe.

Si c'est un moment de méditation – un coucher de soleil contemplé en montagne l'année de ses 15 ans – qui a déclenché sa passion, c'est par l'action qu'il a choisi d'explorer les liens qui l'unissent à l'univers.

Accroché à son parapente, il a découvert l'intimité de l'air ; chaussant ses skis pour glisser sur la neige, il a éprouvé celle de l'eau.
Mais l'élément totem d'Alain Hubert, celui qui tout à la fois le renvoie à lui-même et lui permet de se dépasser, c'est la pierre.
La pierre, la roche, le roc, la glace parfois.

Tout a donc commencé en montagne.
Quelques courses dans le Valais, le massif du Mont-Blanc et celui des Écrins... sans savoir qu'il ne s'agissait que d'un entraînement, un terrain de jeux presque.
Très vite, les Alpes ne lui ont plus suffi.
Les hauts sommets de la chaîne des Himalayas l'ont aimanté pendant plusieurs années : Amadablam (1992), Kanchenjunga (1987), Cho Oyu (1990), plusieurs tentatives à l'Everest (1991, 1992, 1994, 1996 et 1999), avant qu'ils ne cèdent la place à différentes montagnes du Pakistan (2001), des Andes, de Chine (2003) ou d'Alaska (2004).
Le mystérieux secret restait-il inaccessible ?
Ou au contraire le rêve se précisait-il, et avec lui cette puissante impression qu'il fallait partir ailleurs, plus loin, plus dur, plus froid, plus fou ?
Alain s'est épris des pôles et depuis lors, leur consacre presque toute son énergie.
Aventurier des temps modernes, il a troqué les cailloux du Petit Poucet contre un GPS et un GSM boostés par un satellite. Il ne part jamais sans batteries au lithium, colle époxy, plastique thermorétractable, traîneau en matériaux composites dernier cri.
Ainsi cagoulé, il se prend de passion pour de longues traversées, toutes inédites :

— La traversée à pied et à skis en autonomie de la terre d'Ellesmere (760 km) pour atteindre le pôle Nord avec son ami Didier Goetghebuer au printemps 1994 (*North to the pole*)
— La traversée en autonomie, à pied et à skis de l'Antarctique (3924 km) avec Dixie Dansercoer pendant l'hiver 1997-1998 (*South through the pole*)
— Une tentative de traversée de l'océan Arctique en autonomie (2400 km) avec Dixie Dansercoer au printemps 2002 (*Compaq Pole 2*)
— Une traversée arctique de la Sibérie au Groenland à pied (1700 km) avec Dixie Dansercoer au printemps 2007 (*The Arctic Arc*).

Les expéditions ne suffisent cependant pas à cet explorateur sportif, parce qu'il veut aussi que le monde change et pas n'importe comment !

Il n'y a pas besoin d'être devin pour constater qu'Alain Hubert n'a pas fait vœu de solitude.
En montagne, tout juste sorti de l'adolescence, il anime avec des amis des camps pour jeunes.
En Ardenne, au milieu de quelques douces collines, il fonde une famille et choisit de vivre en communauté. En Antarctique, plutôt que de se contenter d'un piton à escalader ou de quelques manchots à observer, il construit une base pour des chercheurs de tous horizons. Rentré à Bruxelles, il repart aussitôt pour Tokyo ou Vancouver, et entre deux avions – on le croirait presque devenu homme d'affaires – il cherche à rassembler les ressources humaines et matérielles pour initier la construction de centres polaires internationaux.
C'est qu'il y a urgence !
Notre homme a fait du réchauffement climatique son cheval de bataille.
Et puisqu'il s'agit de faire ce que l'on dit, de marcher dans ses paroles en quelque sorte, la plus récente de ses créations, la base polaire *Princess Elizabeth*, construite pendant l'hiver 2007-2008, sera exemplaire à ce point de vue.
La Fondation Polaire dont elle est issue veut

sensibiliser l'opinion publique à la réalité des changements climatiques et à la place de la recherche scientifique pour y faire face. Mais parce que les conséquences du réchauffement climatique nous concernent tous, nous ne pouvons pas nous contenter de rester les bras croisés en regardant la station polaire à la télé ! S'il est maintenant possible de construire en Antarctique une base à zéro émission de carbone (exception faite pour le transport des personnes et des matériaux !), d'autres réalisations doivent pouvoir exister sous nos latitudes également.
Elles nous concernent tous, parce qu'elles commencent sans aucun doute par l'ensemble des petits gestes que nous pouvons faire au jour le jour pour préserver notre planète.
Architectes, entrepreneurs, particuliers, jeunes ou vieux, rêveurs ou jardiniers, il ne nous reste plus qu'à nous mettre à l'ouvrage et à devenir les aventuriers du développement durable…

Cécile Bolly

Alain Hubert est l'auteur de plusieurs livres
et films documentaires qui retracent ses expéditions.
Le site de la Fondation Polaire Internationale,
récemment créée pour concrétiser ses rêves les plus récents
peut vous renseigner sur les nombreux projets qu'il mène
de front : www.polarfoundation.org : n'hésitez pas
à lui rendre visite, au moins de manière virtuelle !